# 이기미칫나!

토록 시리즈1
소년 詩기, 청소년 詩집
이기미칫나!
청소년의 푸른가치를 노래하다
김찬영
허혁
배계영
정예빈
이재민
권은비
최유림
심고은
윤선우
김민규
서태림
차수빈
오슬비
박수빈
김재희
곁에

상처는 예술의 씨앗이 된다.

척박한 환경에서 아이들이 겪은 상처가
예술로 승화되는 과정을 지켜보면
예술과 상처 그 둘이 참 좋은 벗임을 느낀다.

아프고 시원한 여정을 거쳐 낸
아이들의 詩를 시집으로 엮었다.

가시를 뽑아 행을 만들자,
그것들이 모여 연이 되고, 곧 詩가 되었다.
더 이상 가시는 흠이 아니다.
詩가 되고 세상을 살아가는 힘도 된다.

시, 문학 나아가 예술이 피어나기 좋은 토양,
바로 여기 가시를 품은 아이들 곁이리라.

시인 조하연

# 그래도 해피엔딩

등산 갈 때면 꼭 스틱을 챙겨 갑니다. 산을 내려올 때, 스틱을 짚으면 무릎이 받는 하중도 줄여주고 미끄럼도 예방할 수 있습니다. 그래서 젊은이들에게도 스틱의 중요성을 더욱 강조하곤 합니다.

올 가을, 스물 네 명의 청소년들이 쓴 시를 읽었습니다. 아이들의 상처, 그 하중을 줄여주고 미끄러지지 않도록 지켜주는 스틱이 바로 詩였음을 깨달습니다. 건강 할 때, 건강을 지켜야 하는 것처럼, 순수할 때 마음 또한 보듬고 챙겨야 한다는 것을.

예전부터 예술적 감수성이 있는 사람을 보면 부러웠습니다. 그리고 지금은 '풍부한 문화예술적 감수성을 갖는 협력형 괴짜'가 4차 산업 혁명 시대를 이끌어 갈 주역으로 발돋움하는 때입니다.

그렇게 세상은 바뀌는데, 아이들은 자꾸 빛을 잃어버립니다. '다음 생에는 공부 잘할게요, 미안해요'라는 문자를 남겨놓고, 떠난 스물의 청년이 가슴을 먹먹하게 합니다. 바다를 떠도는 갈매기를 카메라 앵글 속에 담아내려 애를 써도, 뜻대로 갈매기는 날지 않습니다. 성적 안에 담아낼 수 없는 것들이 세상엔 너무나 많습니다. 여기 편편이 담긴 詩 또한 그렇습니다.

오늘날 교육, 학교, 교사의 역할에 대해 다시 성찰해봅니다. 아이들의 생명, 삶, 관계, 이타성을 존중하며, 잘 키워내고 있는 것인지. 과거 행해졌던 '가정방문'을 오늘에 재현하는 꿈을 꿉니다. 일단 오늘은 시집 속에 들어선 가정을 몇 집 방문했습니다. 뾰족하고 날선 가정과 가족들을 동그랗게 매만져 줄 '가정방문'이 여기 펼쳐진 예술일 수 있겠구나 싶습니다.

제가 머무는 이곳에서 예술이 지닌 가치를 기억하겠습니다. 그 가치가 비추는 구석지고 후미진 곳을 찬찬히 살피며 키우겠습니다.
아이들 모두가 꽃임을 기억하며, 박노해 시인의 시 '그러니 그대 사라지지 말아라'를 메아리로 바칩니다.

*지금 세계가 칠흑처럼 어둡고*
*길 잃은 희망들이 숨이 죽어가고*
*단지 언뜻 비추는 불빛 하나만 살아 있다면*

*우리는 아직 끝나지 않은 것이다*

*(중략)*

*최후의 한 사람은*
*최초의 한 사람이기에*
*희망은 단 한 사람이면 충분한 것이다.*
*그대, 희미한 불빛만 살아 있다면*
*그러니 그대 살아지지 말아라*

*- 박노해 「그러니 그대 사라지지 말아라」 중에서*

서울특별시 교육감 조희연

비행기를 바라보면서
자유로움을 부러워했다.
하지만 언젠가는 다시 내려와
정착해야 한다는 걸.

매

텅 빈 장난감
볼링핀도 아팠겠지요.

어린 제 마음도
아팠거든요.

이십 년이 지난 지금도
기억이 나요

선생님,
여전히 혼자신가요?

구로경찰서 여성청소년계 김다연

• 프롤로그 •

# 우리들의 詩기, 청소년 詩기

이미지나 느낌을 자극해서 감성을 불러일으키고 풍부하게 해주는 詩는 상처받은 청소년의 정서를 매만지기에 가장 좋은 수단이다. 강렬하면서도 간결한 인간 본성의 언어인 詩는 진솔한 감동을 불러일으키고, 나아가 정신적 고통과 갈등 상황에 직면했을 때 해결 방법을 제시할 수 있는 요소로 작용하기에 충분했다. 아이들의 실체, 그 상처의 실체에 다가가기에 詩라는 도구는 가장 부드럽고 연했으며 강렬했다.

시를 꺼내는 과정은 명상의 과정과도 유사하다. 자신의 상처를 끌어내고 다듬는 과정에서 침전하는 그것들을 시어로 문장으로 적어 내려간다. 이런 과정의 반복 안에서 아이들은 자신의 감정 과잉 혹은 무딤에 대해 들여다보게 된다. 생각은 자유롭게 확장되지만, 생각을 문장으로 꺼낼 때는 스스로의 논리에 무게를 견주고 꺼내놓기 때문이다. 이 과정은 내적 상처의 우물에 빠지기보다, 객관적인 시선으로 상처를 들여다보는 일종의 마음 훈련의 기회가 되기도 한다. 또한 또래가 시를 끌어내는 과정을 지켜보며 좀 더 객관적인 시선을 유지하기도 한다. 따돌림을 받는다는 두려움이 본 과정을 통해 타인 속에서 '자발적 소외'를 즐길 수 있는 건강한 자아로 전환되기도 한다.

질풍노도의 시기인 청소년, 이성보다 감성에 집중하는 청소년의 시기는 어쩌면 詩기이기도 하다. 성인이 되어가는 과정에서 감성이 이성으로 기울고 어른스럽게 변하는 과정에서 자신을 돌보거나 내면의 목소리에 귀 기울이는 과정을 등한시하게 된다. 달리 말하면 청소년시기에 만나는 詩는 그냥 詩가 아니다. 그렇기 때문에 삶의 시기 중 예술가의 기질과 가장 유사한 청소년 시기의 상처는 예사 상처가 아닌 것이다. 자신과의 대화이고, 타인과의 대화이며, 세상과의 대화이다. 그 안에서 내가 허용한 문장인 詩는 '부드러운 소통'의 힘을 알려주는 유정한 도구이다. 이 때 익힌 감성의 언어는 세상과 소통하는 표면적인 언어와는 또 다른 결로 자리한다. 살면서 겪을 고통과 기쁨에 충분히 젖어드는 연습이 필요한 시기다.

그렇게 상처는 예술의 씨앗이 된다. 나를 가장 아프게 했던 내 상처가 내게 힘을 주는 존재가 될 수 있음을 알아챈다. 나아가 상처가 예술로 승화되는 과정을 지켜보면 예술과 상처 그 둘이 참 좋은 벗이라는 걸 느끼곤 한다. 아이들이 쏟는 눈물이 마음을 후빌 때가 많지만, 그 눈물이 문장으로 돌아와 반짝이는 걸 보면 상처가 영 밉지만은 않다.

詩테라피를 통해 긍정적 효과를 본 청소년들은 또래의 상처에도 관심을 갖는다. 상처를 담았던 아이들이 상처를 품은 타인을 이해하는 건 너무나 당연한 이치이다.

그렇게 아프고도 시원한 여정을 거쳐 낸 아이들의 詩를 다시 엮었다. 2014년 '내일은 끓을게'를 첫 시집

이후 두 번째 엮음이다. 더러 상처가 너무 짙어 이름을 바로 올리기 힘든 경우는 이름 대신 OOO으로 자유롭게 두었다.

실은 詩테라피를 통해 내가 더 큰 치유를 받는다. 아픈 아이들이 많지 않았으면 좋겠는데, 마음과 달리 해마다 詩테라피의 인연 속에 담아낼 수 없어 그저 놓치고 마는 아이들이 늘어간다. 詩를 통해 가슴이 詩원한 아이이길 바라는 한편, 그저 밝고 기쁘게 덜 힘들게 자라주었으면 하는 마음 또한 크다. 지난 십 년간 詩테라피에 참여했던 아이들이 문학 혹은 예술을 전공하여 다시 지역으로 돌아오고 있다. 인적자원의 선순환, 그 따뜻한 온기가 아랫목 군불처럼 마을 곳곳에 조금씩 퍼지는 중이다.

돌아보면 나 역시 가시투성이였다. 아프지만 가시투성이인 아이들 속으로 성큼성큼 들어갈 수 있었던 것도 가시 때문이었다. 아이들에게 들려주는 말들이 때론 내게 들려주는 말일 때가 많다. 그렇게 나도 아이들도 서로의 가시를 뽑아 행을 만들자, 그것들이 모여 연이 되고 곧 詩가 되었다.

더 이상 가시는 흠이 아니다. 詩가 되고 세상을 살아가는 힘도 된다. 詩, 문학 나아가 예술이 피어나기 가장 좋은 토양이 바로 여기, 가시를 품은 아이들 곁이리라.

## 비밀

누워서 흘린 눈물은
비밀이다.

모르게 모르게
가로로 짧게 흐르곤

귓속으로
쏙 사라진다.

지도교사 시인 조하연

시는 원래 솔직한 것이다.
시는 생명을 가진 영혼이 스스로를 보호하고,
감정과 경험을 깨닫기 위해 표출하는
방출, 외침, 울부짖음, 한숨, 몸짓, 반응이다.

헤르만 헤세

# 차례

이기미칫나!

# 무조건

정예빈[20]

자신감을
자꾸만
가지라 한다.

그런 것 만들
시간도 안 주고

방법도
알려주지 않고

무조건
무조건
가지라고만 한다.

# 그게 그러니깐

김민규[1318]

그게 그러니깐
올해로 마흔 먹은
우리엄마한테
숙제라도 물어보면
그게 그러니깐
소리부터 나온다.

그냥 내가 푼다.

그게 그러니깐
그게 그러니깐
엄마가 내게 뭘 알려주는 것 보다
내가 엄마에게 알려 줄 일이
점점 더 많아진다.

# 외출중

김민규[1318]

오늘이 외출중이다.
집 앞 철물점도 외출중이며,
우리 집도 외출중이다.
아침부터 일 나간 엄마도.
집 밖도 외출중이다.
점점 사라지는 내 마음도 외출중이며,
모든 것이 외출중이다.
평범한 일상도
내 옆에 있는 것들 전부
외출중이다.

# 니 미칬나

김민규[1318]

부산서 사는 친구 놈한테
전화가 왔다.

뜬금없이
살기 싫단다.

이기미칬나
니 와 그 카는데

아무리 살기 싫다 케도
니 좀 너무한 거 아이가

니랑 내랑 몇 년 친군데
내 한티 헛소리가.

니 미칬나
헛소리 집어 치워뿌고 강 디비자라.

나한테 욕먹고 나면
그래도 한동안 조용하다.

# 차이

김민규[1318]

부산에서 살 땐
마! 마!
소리 듣고 살았는데

서울 올라오니
야! 야!
거린다

낯설다
마! 야!
두 말의
거리가 너무 멀다.

# 드라마

서태림[1318]

내 친구가 형 친구고
동생 친구가 내 친구다.

아버지도 싸우고
어머니도 싸우고
할머니도 싸우고
형도 싸우고

결국 어머닌 집 나가고
아버진 돌아가시고
할머니와 어머닌 계속 싸우고
형이 우릴 돌본다.

드라마다.

# 멀어졌다

**서태림**[1318]

우리는 아버지와 가깝게 지내고 싶었지만
멀어질 때가 많았다.

아버지는 술을 마시고
화내고 욕을 했다.

자동차가 노란 선을 넘었을 때도
화내고 욕을 했다.

음식점 배달부가 오토바이를 세우고 들어갈
때에도.

그때마다
멀어졌다
그때마다 아버지가 멀리 멀리 가버리면
춤 출 듯 기쁠 거라 생각했다

이젠 춤을 출 수 있는데
춤을 춰도 되는데
형도 나도 동생도
춤을 추지 않는다.

# 공

OOO[1318]

공은 운동장에 나가면
메인 스타가 된다.

나는 게임 속에서
메인 스타가 된다.

공은 컴컴한
창고로 간다.

나는 불 꺼진
집으로 간다.

# 주먹

허혁[1318]

사나이들
말보단 주먹이라지만.

장난으로 시작한 주먹 한 대가
점점 커진다.

나도 가끔 싸우지만
주먹을 쓰진 않는다.

주먹이 점점 커지는 걸 알아서
그냥 맞는다.

# 통증

허혁[1318]

아무도 없을 때만
운다.

나는 주먹을 쓰지 않아서
가급적이면 맞아준다.
아이들은 날 보면서
눈물샘이 말랐다고 한다.

내겐 그깟 고통보다
내가 좋아하는 가족들과
같이 못 산다는 게
젤 아픈 주먹이다.

# 그 날 아침

허혁[1318]

아버지가 술 드시고
음주단속에 걸렸다.

어버이날 아침
아버진 없고
카네이션만 덩그러니.

카네이션 옆엔
아버지 대신
검찰 통지서만 덩그러니.

# 척

허혁[1318]

이모할머닌
내가 초등학교 때
공부를 잘했다고
아직까지도 날 칭찬한다.
그런 이모할머니가
난 좋다
비록 지금은 공부를 못하지만
이모할머니의
기대를 저버리지 않으려고
이모할머니 앞에선
자꾸 공부하는 척을 하게 된다.

# 오빠

OOO

난 오빠다
소리 내 울지도 못하는

내가 동생 앞에서 운다면
저 녀석 마음은 어떨까?

속으로 울고
겉으로 울지 못하는
난 오빠다

동생은 내 마음을 모른다

그래도 괜찮다.

# 자주

**차수빈**[1318]

나는 자주 넘어졌다.
상처가 났고 피가 났고 너무 아파서 울었다.
넘어지지 않는 날엔 동생이 팔뚝을 물어서 피가 났다.
팔 다리가 상처투성이다.
남아있는 상처를 보면,
넘어졌던 길이
그 날이 생각난다.

# 치약 향

이제민[1318]

어렸을 때
아무리 귀찮아도
엄마가 양치질을 해주셨다

오래되어 기억은 잘 안 나지만
'엄마'하고 부르면
치약 냄새가 나는 것만 같다.

# 그리운 아빠

이제민[1318]

맨날 초코파이를 사달라고 졸랐다.
아빠는 잘 들어주셨다.
누나가 둘이라 초코파이는 늘 부족했다.
그래서 누나들이랑 나랑 몇 개씩만 먹자고 약속했는데
큰 누나가 약속을 어겼다.
그래서 자주 싸웠다.
아빠는 먹는 거 가지고 싸우는 건 싫다고 하셨다.
아빠가 사주셨던 그 초코파이가
이제는 마트에 없다.

# 엄마가 엄마다웠으면

이제민[1318]

왜 엄마는 잘못을 해서 아빠랑 이혼했을까?
아빠랑 엄마는 서로 좋아해서 결혼한건데,
왜 이혼을 한 걸까?
이혼만 안했으면
지금도 아빠를 볼 수 있을 텐데
아빠가 아팠을 때
한 번이라도 와 주지,
진짜 밉다
아빠가 돌아가시고 나서야,
엄마가 집에 들렀다.
화가 났다.
다시는 엄마를 보지 않는 게 좋을 것 같다.
엄마가 엄마다웠으면.

# 막상

오슬비[1318]

집에 일찍 들어가려고
막상 들어가면
오빠랑 나랑만 있다
답답하다
잡일도 내가 다하고
나도 막 떠돌다가
내가 들어가고 싶을 때
들어가고 싶다.

# 복숭아 맛

오슬비[1318]

돌아가신 아빠를 보고
병원 복도에 앉아 울고 있는데,
한 아주머니
"뭔 일인지는 몰라도 힘들겠구나." 하시더니
자판기 음료를 뽑아주셨다.
그걸 받고 울음을 그쳐보았다.
아빠는 안 계신데
복숭아 향 맛이 났다.
병원 복도에
복숭아 향이 퍼졌다.

# 여긴

오슬비[1318]

오빠가 군대를 들어갔다.
훈련소에서 집으로 편지와 옷과 가방이 도착했다.
오빠가 없는 오빠 옷
눈물이 났다.
답장하라고 재촉하는 오빠의 편지
오빠가 머물게 된 그 곳
오빠 같은 사람들이 가득한 그 곳
자꾸만 그냥 오빠가
거기 말고,
여기 있었으면 좋겠다는 생각이 들었다.

# 왕따

OOO[1318]

나는 슬프다.
나는 돌아오지 않고 싶다.
어떻게 나는 당하고만 사나
나는 어떻게 살 것인가
나는 그 무서운 교실에 가지 않고
어두운 집으로 가고 싶다.
아아 그날을 생각하면
나는 사라진 것이었다.

# 섬

김찬영[1318]

캠프장에 나 혼자 남았다
모르는 친구들과.
같은 센터 친구들은 가버리고
혼자만 남았다.
아는 애가 하나도 없다
외로워 적응도 쉽지가 않았다
왜 왔는지 후회가 되었다
같은 센터 끼리끼리
자기들 끼리끼리 모였다
그럴수록 나는 밖으로 나와 외진 곳으로 숨어들어 울곤 했다.
사라져도 아무도 내가 있는지 없는지 모를 것만 같았다.
같은 멤버들이 각자 숙소로 걱정 않고 들어갔다.
캠프에서 돌아 온 지금도
아는 사람 하나 없던 그 날을 떠올리면
두고두고 외롭다

# 시험

김찬영[1318]

시험지만 걷어가고
걱정은 두고 갔다.

열심히 공부한다고 했는데,
막상 풀어보니 모르는 문제가 많다
열심히 한 것에 대한 건 안 나오고
공부를 한 거나 안 한 거나 똑같다
어떻게 해야 할지 모르겠다.
점수를 보면 후회만 되고
부모님껜 어떻게 말해야할지 모르겠다.

# 엄마는

오사랑[1318]

엄마는 선배다.
내가 모르는 걸 경험해 본 엄마는 나에게 희망과 해결 방법을 알려준다. 초등학교 처음 해 본 계란 프라이를 엄마는 못 만들었는데도 맛있다고 해주었다. 나에게 이런 말을 해줄 수 있는 이유는 엄마도 나를 경험해봤기 때문이라고 했다.

# 다같이

오사랑[1318]

유치원 다닐 즈음
다같이 어린이 대공원에 갔다
엄마 아빠 오빠 나 이렇게 차를 타고
나는 코끼리를 타고
오빠는 번지점프 비슷한 걸 탔다.
오빠와 나만 놀이기구를 탄 것 같다.
그 날 어린이 대공원에서 잡아 온 금붕어도 키웠다.
완전 재미있었던 것 같다.
더 놀러 가고 싶었지만,
마지막 기억이다.
그 날 이후
한 사람이 빠졌다.
다같이 에서 '다'자가 빠졌다.

# 선인장

오사랑[1318]

엄마랑 아빠랑 같이 살면 안 되어서
아빠랑 지냈다.
염색을 했다.
떨면서 했다.
이게 뭐냐며 아빠가 콕 나를 찔렀다.
나는 나를 꾸며야 했다.
안 그러면
내가 들킬 것 같았다.
그래서 나도 아빠를 쿡 찔렀다.
결국 우리는
서로에게 선인장이 되었다.

# 우리 때문에

심고은[1318]

나는 아빠를 미워하지는 않아요. 아빠 하고 싶은 대로 살아도 되어요. 근데 엄마를 아프게 하지는 말아요. 아빠가 엄마마저 아프게 하면 내가 의지할 수 있는 사람을 잃게 되는 거니까. 그니까 엄마가 아빠를 사랑할 때 잘해주세요. 나중에 후회해도 그 때 이미 엄마는 떠나갔으니까 있을 때 잘해주세요. 우리를 예뻐하지 않아도 되니까 엄마를 이해해줘요. 우리한테 잘 못해줘도 되니까 엄마한테 만이라도 잘해줘요. 제발.

# 서서혜선

윤선우[1318]

훨씬 밝아진 나
지금 나이 14세.

혼자 보냈던 나날들
외로웠던 입학식도
점점 잊혀져간다.

이름 가운데 글자만 따
정서윤 이서연 소혜빈 윤선우
서서혜선으로 불렀다.

생각도 못한 희망
끊임없이 피어나는 어떤 마음.

# 서랍 한 채

배계영[1318]

열 살 때 아빠가 사준
낡아져서 쓸 수 없게 된 미피지갑은
내 서랍 안쪽에 들어있다.

파랑 머리띠
빨강 팔찌
갈색 리본핀도.

한 학기 동안 차고 다녔던
고모에게 선물 받은 시계도.

첫사랑 친구한테 쓴 편지
엄마 아빠 얘기 적어 둔 일기도
서랍 깊숙이 다 있다.

지금은 필요 없는 물건이지만
버릴 수가 없다.

서랍은 내가 살던 집이다
십 오년 마음이 머물던.

# 날라리

배계영[1318]

수박색이 뭐냐고 물어보면
초록색이라고 한다.

단지 겉만 보고
뭐가 담겼는지 알려고도 안하고,
대강 답한다.

나를 대충 본 선생님들도
나를 슬쩍 본 애들도
꼭 그랬더라.

"재랑 놀지마. 날라리야"
조용히 말해도 다 들린다.

날라리야
날라리야

# 혼잣말

배계영[1318]

하고 싶은 게 너무 많은데
하고 싶은 게 너무 많은데

아빤 가끔
혼잣말을 한다.

들으라고 하는 말 아닌데
거슬린다.

자꾸만 내가 어딘가 잘나야 한다는
말로 들린다.

# 연습

배계영[1318]

볼 일 다 보고 집에 들어왔다
오늘부터 아빠를 보고 싶어 해보기로 했다
거울보고 웃으면서 “안녕히 다녀오셨어요!”
연습을 했다.

현관소리가 나서 달려가
웃으면서 “안녕히 다녀오셨어요!”하는데,

통화중이던 아빠는 나를 스쳐 방으로 갔다.
‘쾅!’

방안에선
아빠 목소리만 들려온다.

내일 다시 해보자.

# 아빠 눈물

OOO[1318]

생각한대로 이루어졌다.
아빠가 술 먹고 찾아와서 술주정 하던 날
아빠가 사라졌으면 좋겠다고 상상을 했다.
뭣도 모르던 그 땐 이혼이 이렇게 안 좋은지 몰랐다.
지금이라면 이혼을 말렸을 텐데.
떠나기 전 마주했던 아빠의 눈물이,
이젠 하늘에서 날 반겨 줄 아빠가,
그립다.
아빠가 공주라고 불러줄 때가.

그립다.

# 담배

OOO[1318]

친구에게는 오래전부터 알고 지낸 친구가 있다.
친구가 나에게도 자기 친구를 소개시켜줬다.
친구의 친구가 나를 유혹한다.
그 유혹을 뿌리치지 못했다.
그래서 두 세 번 친구의 친구를 만났다.
어울리면 안 되는 우리 셋 선생님께 걸렸다.
그 후로 나는 더 이상 만나지 않았지만,
친구는 아직 만나는 눈치다.
마음이 어수선하다.

# 착하다는 건

김윤아[1318]

남의 말을 잘 들어주고 공감해주는 것.
내가 무슨 행동을 할 때 남의 기분을 생각하는 것.

내 편에 든든히 서 주는 것.
나를 이해하고 힘들 때 도와주는 것.

내가 자꾸 착해지고 싶은
착해져야 할 것 같은,
그런 까닭.

# 정 떨어져

김윤아[1318]

정 떨어져
라는 말을 들으면
가슴이 철렁한다.
그동안 나눴던 정들이
다 떨어져나가는 것만 같아.
쌓아온 추억들이
다 사라지는 것만 같아.
듣기도 힘든 말
품기도 힘든 말

"아유 정 떨어져."

# 화장품 친구

김재희[1318]

항상 모든 화장품을 빌려준다.
이 녀석과는 싸우면 안 된다.
싸우면 화장품을 못 쓰기 때문이다.
쉐이딩, 틴트, 쿠션, 섀도우 없는 게 없다.
싸우지 말자, 친구야.
너에게는 큰 거울도 있고 헤어롤도 있고
넌 정말 도라에몽의 주머니 같아.

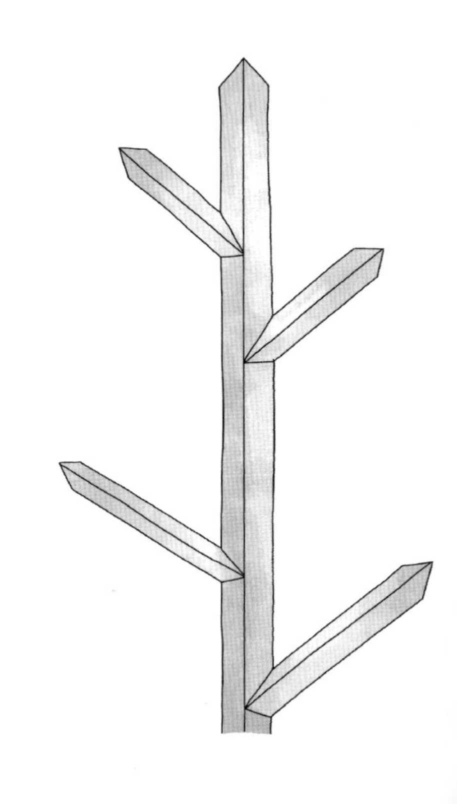

# 벌점

김재희[1318]

오랜만에
반갑게 학교에 왔다.
반갑게 온 학교에선
더 쎄진 벌점이 기다린다.
우리를 지키려는 건지
우리를 괴롭히려는 건지
더 쎄진 벌점으로
마음이 학교에서 멀어지는데
세상은
학교는
무얼 얻으려는 걸까?

# 평범한 저녁

이매[1318]

예전 내 인생은 누구보다도 평범했다.
너무나 평범해선지 가끔은 다르게 살아보고 싶기도 했다.
하지만 언제부턴가 평범한 나의 저녁은
아주 먼 옛날이 되었고.
이제는 돌아갈 수 없는
소중한 추억이 되었다.

# 죽어야 할 것 같았다

이매[1318]

힘들던 나날 지속되던 어느 날
난 평소보다 일찍 잠에서 깨어났어.
기분이 참 묘했지.
일어나자마자 오늘은 못 견딜것만 같았고.
꼭 죽어야 할 것만 같았어.
1초의 망설임도 없이 옷만 입고 약국으로 향했지.
집으로 돌아 온 나는
모든 약을 입에 털어 넣었어.
약 기운이 슬슬 올라오기 시작하는데
진짜 죽을 것만 같아 겁이 났어.

# 세 번째 아저씨

이매[1318]

이 년이 훌쩍 지난 지금도 생생하다.
그 때 그 날이
충격적이었다.
말릴 틈도 없이 이어졌던 싸움.
초등학생이었던 나는 할 수 있는 게 없었다.
그저 무릎 꿇고

“아저씨, 엄마 살려주세요! 그만하세요!”라고
소리치는 거 밖에는.

# 울컥

이매[1318]

울컥
눈물이 났다.

왈칵
눈물이 쏟아졌다.

꿀꺽
눈물을 삼켰다.

# 인강을 들었다

**이매**[1318]

내 생애 처음으로 인터넷 강의를 들었다. 왜 듣는 지 이해가 안 갔던 인강을. 주변 친구들과 어른들은 나를 안 좋게 생각한다. 그런 고정관념을 바꿔주고 싶었다. 겉으론 그래도 속은 그렇지 않다는 걸, 알려주고 싶었다. 그래서 처음 택한 게 공부다. 다는 아니지만 어른들은 대부분 공부 잘 하고, 모범적인 애들을 좋아한다. 그래서 조금이라도 나에 대한 인식이 바뀌었으면 좋겠어서 시작해보기로 했다. 나에 대한 생각이 조금이라도 달라질 때까지 노력해 볼 생각이다. 제발 나를 보는 시선이 바뀌었으면 좋겠다.

# 슬쩍

권은비[1318]

스트레스가 쌓인다.
혼자서는 힘들었다.
풀기위해 난 화장품 가게로 들어갔다.
물건을 훔쳤다.
순간 쌓인 스트레스가 풀렸다.
오래가지 못했다.
자꾸 습관이 된다.
점점 망가져 가고 있다.
무섭다.

# 도망

권은비[1318]

절도를 했다.
도망치는 중이다.
전학을 핑계로.
모든 것에서 도망치는 중이다.
내가 사라지면 모두 행복해하겠지.
나도 행복해지고 싶다.
날 힘들어하는 이들에게서
날 힘들게 하는 이들로부터
도망치는 중이다.

# ㄴ

**권은비**[1318]

다시 만나면 그냥 행복할 줄만 알았다.
나만 잘하면 이쁘게 사귈 수 있을 줄 알았다.
현실은 달랐다.
내가 잘해줄수록
날 쉽고 만만하게 생각했고
싫어도 좋다고 밖에 표현할 수 없었다.
점점 나만 힘들어졌다.
나에 대한 마음이 없다는 걸 알고 헤어지자 했다.
몇 분 안에 온 연락은 '그래 ㅋㅋㅋ' 전부였다.
마지막 문장을 주고받았다.
내가 기댈 곳이 또 사라지고 있다.

# 춤

권은비[1318]

춤을 추면 생각이 없어진다.
노래에 집중하고 박자를 맞추고 춤을 추다보면 내가
고요해진다.
헤어지고 울고 싶고 힘들 땐,
가만히 있는 것보다
혼자 춤을 추는 게 좋다.
학교 끝나고 5시부터 12시까지.
춤을 춘다.
난 괜찮아지는 중이다.
연습복을 입고 거울 앞에 서 있으면
내가 조금 귀하게 보인다.
살아있는 것만 같다.
춤이라도 있어 다행이다.

# 유리 소년

최유림[20]

큰방에 소년이 홀로 앉아있다
쉽게 상처받고 깨지기 쉬운
온 몸이 유리로 된 소년

소년은 보살핌이 받고 싶어,
그의 가족에게 안아 달라, 보살펴 달라 소리친다.

파편 투성이 소년의 몸에 자신의 몸이 다칠까
그의 가족은 그 소년을 밀쳐냈다

소년은 마음의 문을 닫았다

그 누구보다도 약하고
그 누구보다도 차갑고
그 누구보다도 어두운 소년

어느 날 그에게
한 가족이 다가왔다.
깨진 소년을 본 가족들은

그 소년을 알아준다.
아픈 기억이 있는 소년은 그들이 다치는 게 싫어 밀쳐낸다
파편에 베여서 피가 나도 가족들은 자꾸 소년을 품어준다.

가족들은
그 소년의 상처받은 파편을 녹여 강한 유리를 만들어주고
그 소년에게 거울을 만들어주고
그 소년에게 하늘을 볼 수 있는 망원경을 만들어줬다

소년은 다시 문을 열었다

소년은

누구보다도 강하고
누구보다도 따뜻하며
누구보다도 밝아졌다.

# 넷이지만 셋

OOO[1318]

아빠가 집에 와서 엄마랑 싸우기 전까지 몰랐던 이야기. 이미 아빠에겐 다른 가정이 있었다는 얘기. 유리병 들고 엄마를 죽이려 할 때, 말리던 언니한테 끓이던 물을 던졌을 때도. 내가 알던 아빠가 아니었어. 뜨거우면서 안 뜨겁다고 거짓말 하는 언니를 쓰다듬으며 엄마는 자꾸 자꾸 울어. 엄마 눈에 내 눈에 언니 눈에 번갈아가며 눈물이 그렁그렁 맺히는데, 봄이야.

# My Way

박수빈[1318]

그들의 발자국과
내 발자국이 다르다 해서
발이 아닌 건가요?
그들의 발자국과
내 발자국이 다른 곳을 간다 해서
길이 아닌 건가요?
난
당신들처럼
이정표만을 따르지 않을래요.
잘 포장된 길
이쁜 길로 가세요.
다만
제게 따라오라 하지 말아주세요.
전 제 길을 갈게요.
저만이 가질 수 있는 것들을
그 길에서 마주할게요.

# 웃지마

박수빈[1318]

나에게는 빛이 없구나.
도움을 주는 빛이 없구나.
환한 빛도 아니고
그렇다고 아주 캄캄한 것도 아닌
지금 여기 내가 빠진 절망
어둠속으로 들어가고 마는 나를 보며
나는 자꾸 절망한다.
내게 손 내밀지 않는
세상에 욕 하려고

난
시를 쓴다.

• 서평 •

# 마침내 품어내고야 만다

청소년 시집 『이기미칫나』는 생의 질곡을 겪는 1318 시인들의 비명집(悲鳴集)이다. 부재의 틈에서 울부짖는 자존의 언어가 적막을 찢는다. 틈의 틀 가장자리로 생(生)은 힘겹게 고개를 내민다. 지난한 노정이 시로 적힌다.

'삶은 시적이지 않다'는 것을 알고 있다. 도리어 극적이다. 그래서 멀리 숨겨왔다. 잊은 척, 다 자란 척 그렇게 어른으로 살았다. 내 것들을 지하에 두고서 오랜 시간을 감추어왔다.

묵은 그 문을 아이들이 열었다.

내 성징의 시기에도 같이 변하는 것들이 있었다. 익숙한 것들은 구속이 되고, '의미'는 깨닫기도 전에 주어졌다. 관계의 구도, 지형, 의미도 변했다. 나도 모르는 새 다른 극(劇)이 시작되었다. 거저 주어지는 변화는 강요됨의 미화, 적응은 둔감의 다른 말이었다.

> 결국 어머닌 집 나가고 / 아버진 돌아가시고 / 할머니와 어머닌 계속 싸우고 / 형이 우릴 돌본다.
>
> -「드라마」 서태림

공은 컴컴한 / 창고로 간다. / 나는 불 꺼진 / 집으로 간다.
-「공」 OOO

서랍은 내가 살던 집이다 / 십 오년 마음이 머물던.
-「서랍 한 채」 배계영

나도 막 떠돌다가 / 내가 들어가고 싶을 때 / 들어가고 싶다.
-「막상」 오슬비

아이들은 고단함으로 시를 먹인다. 불 꺼진 집으로 가는 이는 서랍 한 칸을 집으로 삼는다. 어두운 집에는 몸을 숨길 뿐이다. 집은 이들을 뱉어내 떠돌게 하고, 떠돌지 못하게 삼킨다. 일상이 비일상이 되어가는 반복이 소외의 시공간을 만들어낸다. 이상(理想)적인 삶은 여기 있지 않고, 과거에 묶인다. 평범한 저녁마저 추억이 되어버린 삶, 외로움은 글줄에서 튕겨져 내게로 스민다. 정상성이 강제된 사회에서 삶은 유리되며, 자리를 찾지 못해 고롭다. 말에는 거리가 있고, 세상은 서럽다.

“쟤랑 놀지마. 날라리야” / 조용히 말해도 다 들린다.
날라리야 / 날라리야
-「날라리」 배계영

아는 사람 하나 없던 그 날을 떠올리면 / 두고두고 외롭다
-「섬」 김찬영

오랜만에 / 반갑게 학교에 왔다. / 반갑게 온 학교에선 더 쎄진 벌점이 기다린다. / 우리를 지키려는 건지
-「벌점」 김재희

정 떨어져 라는 말을 들으면 / 가슴이 철렁한다. / 그동안

나눴던 정들이 / 다 떨어져나가는 것만 같아.

-「정 떨어져」 김윤아

'감성팔이'가 난무해도 이들에게 곁을 내어주는 이 없다. 부모는 부재하며, 세상은 녀석들의 물음에 더 이상 답을 내어주지 않은 채, 그저 갈등의 상대자가 되고자 한다. 그럼에도 착한 사람이 되어야 하고, 바른 어른이 되어야 한다. 기대와 처지의 간극, 그 존재의 틈이 더 벌어진다. 손 끝에 닿는 매끄러움에 막연한 불안이 따른다. 배우지 못한 역할은 어렵고 두렵다. 웅크린 채 홀로 상처를 되먹는 밤이 깊다.

그럼에도 뜨겁다.

울컥 / 눈물이 났다.
왈칵 / 눈물이 쏟아졌다.
꿀꺽 / 눈물을 삼켰다.

「울컥」 이매

아무도 없을 때만 / 운다.
…
내겐 그깟 고통보다 / 내가 좋아하는 가족들과 / 같이 못 산다는 게 / 젤 아픈 주먹이다.

「통증」 허혁

니 미칫나 / 헛소리 집어 치워뿌고 강 디비자라.
나한테 욕먹고 나면 / 그래도 한동안 조용하다.

「니 미칫나」 김민규

혼자서는 힘들었다. / 풀기위해 난 화장품 가게로 들어갔다. 물건을 훔쳤다. / 순간 쌓인 스트레스가 풀렸다. / 오래가지 못했다. / 자꾸 습관이 된다. /점점 망가져 가고 있다. / 무섭다.

「슬쩍」 권은비

내게 손 내밀지 않는 / 세상에 욕 하려고 / 난 시를 쓴다.

「웃지마」 박수빈

어린 시인들은 끝내 품어내고야 만다. 석양처럼 멍든 하루를 받아들고도 다시 살아오는 것은 이들이다. 거칠고 투박한 정직이다. 도리를 져버리는 도망에도 유정함이 있다. 이해받지 못하므로 되레 이해하려 한다.

난 / 당신들처럼 / 이정표만을 따르지 않을래요.
잘 포장된 길 / 이쁜 길로 가세요.
다만 / 제게 따라오라 하지 말아주세요.
전 제 길을 갈게요. / 저만이 가질 수 있는 것들을
그 길에서 마주할게요.

「My Way」 박수빈

그렇게 길을 찾아나가다 의연하게 자기만의 자주성을 선언하기도 한다. 끊임없는 희망으로 존재의 틈을 채운다.

모난 돌은 정부터 맞는다. 모든 것이 이물스러울 때, 생의 병변은 연한 마음에 상처를 남긴다. 하지만 공간조차 자리를 비우는, 눈조차 굉음을 내며 나리는 곳에서 시인이 자란다. 생경한 곤혹 또는 생경한 것들로부터의 곤혹이 이들의 시어(詩語)다. 상실과 부재 그로인한 결핍과 소외가 이들의 필력이다. 낯선 길을 걷는 어린 시인들은 그렇게 운을 떼며 성장한다.

발을 떼며 길을 나서는 어린 시인들에게 한없는 응원과 지지를 보낸다.

송하원

본 도서는
서울남부교육지원청 지역기반형 교육복지 협력사업의 일환으로
제작된 시집입니다.

그토록 시리즈 1
이기미칫나

초판 1쇄 발행 · 2018년 1월 1일

지은이 · 청푸치노[2017]
기　획 · 문화예술 협동조합 결애(愛)
주　관 · 구로문화재단
구로경찰서
대림중학교
구로 푸른학교 지역아동센터
후　원 · 남부교육지원청
펴낸곳 · 도서출판 결애
주　소 · 서울시 구로구 구일로10길 53 관리동 2층
전　화 · 852-7424
팩　스 · 855-7424
전자우편 · 39pretty@hanmail.net

ISBN　979-11-959981-2-8 (43810)



**그토록**은
그대를 토닥이고, 또로록 떨어지는 눈물을 매만지고픈 '결애(愛)'의 가치입니다.